歌集

海の天女

赤井千代

角川書店

海の天女＊目次

装幀　倉本　修

歌集　海の天女

赤井千代

侵攻にガザは地獄だ　コーヒー飲む吾にスタバの女神うす笑う

白椿

ビルの間に赤き十字を放ちつつ冬陽は染めゆく珈琲店《カフエ》のテーブル

息子《こ》と喫《の》みしにしむら珈琲旨かりきお初天神通りの角の

黒きブーツに灰色マフラー白帽子キャリーバッグひいて私がやってくる

天皇皇后両陛下写真展の皇后の頬にシミのありけり

おてんばの三毛ミーちゃんは父猫のピッピの背にのり嫌がられてる

老い近きたこ焼屋さん独り身で日暮になればちょうちん灯す

ウインドーに骸骨模型吊す店　何屋《なにや》かわからず通りすぎたり

雨は川面に独楽の輪《わ》形《なり》を増やしゆきわれはひとりで帰りを急ぐ

震災の追悼式典おこなわる　秋津の島は豆腐のごとし

いい顔でイチロー引退し復帰せる羽生結弦の面ざし暗き

古ぼけた家政婦紹介所のすだれ前ぼってり大きな白椿咲く

時止まりし父母《ちちはは》の家にわれひとり三回忌の法事ぶじにつとめぬ

さくら咲く

新年号「令和」と知りぬ桜咲く公園の鳩れろれろ首振る

夕焼けが暴れているよ　陽が怒りいかりながらに沈まんとして

台風に桜並木は奪われて切株のまわり踊子草立つ

やわらかき若葉そよげる六本の樟の真下を避難所とせん

走るバスの表示ボードに「車内ではお化粧しないでください」と出る

バスの中《なか》座せるおばさんよく見れば江口医院の看護婦さんなり

ノートルダムの鐘撞き男目覚めしや　尖塔崩るる大音響に

川面にはウォーターホテル建つという尻無川に春のたゆたう

大クレーン折り紙のように首折りて獲物捕らんと鉤おろしゆく

あの雲は花びら食みしか薄墨の影を抱きて流れてゆくよ

一本の桜に小鳥集まりてしずくのように花を散らしぬ

さくら咲く　さくら散りゆく　さくら咲く　かぎりある身の力ためさん

ポンポンダリア

志功の額かかる階段下りて食む「地雷也」のほや仙台の味

川の辺の湯に吾ひとり　河鹿鳴く声を聞きつつ身の毒出ださん

タンポポの綿毛は死者の簪か野原にひらき飛びたちゆくよ

空の渚あゆみて父と母に逢わん五月の風に吹かれれば思う

鉄骨のギブスはめられ改装中　堂島大橋夕陽に丸まる

歌づくりやめゆく人らに捧げましょポンポンダリアを一本、一本

初夏はアラモードつけたる金魚族尾ひれふりふり街回遊す

街路樹は夜更になれば巨大なるブロッコリーと化し黙して並ぶ

八手の葉は夜風にゆれて大天狗うちまねくなり　招かれてみん

ゴミの日に小さき仏壇捨ててあり雨雲垂れるをまみ上げてゆく

老夫婦だけの金物屋店じまいす釘・鋸・錠のにぶく光るよ

名札つけ校庭に並ぶ朝顔は大輪つけぬ今年の夏も

金網《フエンス》には傘かけられてその向こう池の亀らが甲羅干してる

梅雨の草高く伸びゆき屛風絵のごとく収まる空地を占めて

昆活しようぜ

天神のお渡り船の百艘に児ら漕ぐドンドコ船の真白し

船渡御や　特別席でみる花火真上に散りて戦火に近し

品書きの艾生姜《もぐさしょうが》は読めずして給仕に聞きてもぐさと知りぬ

焼鮎は蓼酢で食みぬ蓼の葉は辛みのありて諺よぎる

ごきげんな虫取り姿のおっさんは「昆活しようぜ」のポスターのなか

あかあかの夏越しきたりあかあかのいのちなりけりあかあかの千代

笹の葉のかげはカーテンに揺れていて朝の喫茶店にクラシック流る

夏の終りにサリー着ければ囁くよ楽しかりける嘘物語

夕暮に黄花コスモス浮きいでてカラスの群れを囲い込みたり

緑濃きういろう捧げ深々と残暑お見舞い申し上げます

寄り目してスマホあやつる人ならび終末へ向かうや水の惑星

鼻煙壺

亡き父母宅の玄関横の水栓は締めても締めても水漏れ続く

ただタイプ打つだけなのが嫌だったコピーライター志望のきっかけ

階段の上に立ちたる三つ目小僧いつも恐れき幼き我は

夕陽夕波ひろがりてゆく青年が橋のたもとにドラムを打てば

日暮には「ゆうなみ」という居酒屋のちょうちん灯る町に住みおり

夜店にて買いし小うさぎ巨大化し月夜の道に置いて帰りぬ

この草は線香花火に似ているよ小さき穂先があたり照らすよ

仏頭の影並びいる真ん中に楊貴妃観音なまめきて笑む

花びらを散らしたような足裏もつ　猫はひとひら鼻先にももつ

ハルカスのかすむ夕暮カラスどもこの樹に集まり夜をひらくよ

朱き社の草葺き屋根を紋白蝶風に吹かれてやわやわ流る

凶夢をば伏見稲荷の玉串もて祓われ帰る秋風のなか

秋空に白き線引き飛行機は人の形してとんでゆくなり

休日に千円しかなく無料なる美術館にて鼻煙壺《びえんこ》をみる

咲きのこるバラ訪いてしじみ蝶むらさきの羽小さくひらく

ふぁんふぁん

夕暮にきらめく川のほとりには檻のようなる弁護士会館

歌舞伎座はホテルとなりて正面のビルのガラスに曲がって映る

山上のネオンかと見れば月のぼり大金貨となるハルカスの窓

真夜近く犬引きてゆく娘の影を月は照らせり町並低し

「鬼手仏心」の額かかる外科の院長は患者治せるギョロ目の初老

見し夢のつづきか月にきぬぎぬの姫の幻あらわれてきぬ

細長き更地となりし銭湯は湯けむりふぁんふぁん空へ放しき

手作りのお節はすたれお歳暮も若きはなさず令和暮れゆく

「曇日は広辞苑には載ってない」ときのう知り今朝は曇日

妻家房《さいかぼう》の朝鮮人参は酒ビンで根元からませ眠りこけてる

電飾の樹木きらめく御堂筋　銀杏は散らす金の簪

初夢

積石の天辺に立ちたる父は振る大きく手を振る　初夢みたり

「深草」とアナウンスあればおのずから深草少将思いいずるよ

新しきＬＥＤになりて信号は望郷の色隠してしまう

えのころの枯穂したがえ水仙の風に向かえる初春の丘

寒き朝目覚めてみれば服かけのオーバーの輪郭強く迫れる

慶沢園の池の大きな鯉のむれ人の面《おも》した鯉もまぎれる

５本指の靴下みれば３本の指失いし父の右足

美しきナースたち夢に現れてコロナウイルス拭い去りたり

ゆるゆると夕闇の来て白マスク漂いてゆくあの町この街

鬼は外　友は逝きけり　福も外　謡《うたい》口遊《くちずさ》み安らぎたまえ

夕陽うけ木の影長き芝生にはふりむきてまたふりむく小犬

マスク三箱

するすると小ガモら泳ぐ尻無《しりなし》川に春の光はそそぎ流れる

さざ波を集めてひらくや紫の矢車草は川岸に立つ

建ちゆけるタワーマンションに作業着の上り下りする細き階段

名を問えば希望《のぞみ》と答うる若き娘と同じ名記しミキサー車走る

しだれ桜いずこへ招く秘やかに揺れいてやまず妖女のごとし

鯨天麩羅《くじらてん》買って帰れば高島屋コロナ患者出て閉店と知る

悪党のカラス天狗か黒マスク増えるを見下ろすグリコの看板

嫁どのはマスク三箱送りくれ紫陽花と薔薇子は届けくる

今年またばらぞの橋をこえて会うシンデレラの前の大輪の千代

風うけてベランダの木の葉きらめきて畳に魚《うお》の影を泳がす

坊さまも床屋に行けず髪伸びてコロナ成仏　南無阿弥陀仏

人住まぬ父母《ちちはは》の家大蜘蛛《おおぐも》の這い出でてきぬ　後退りする

舞台ならバリトンの歌手が似合いそう威風堂々この歯医者さん

オリーブの実に似た青き鈴生りは赤き山桃になると知りたり

愛ちゃん

夜陰なれば人の魂《たま》かとふり返る紫陽花の白重く垂れいて

あかねさす雲幾重にもたなびきて階《きざはし》かかる朝の大空

夢にさえ怒りのあまりの一言《ひとこと》が相手に刺さり返りきたるを

難波《なんば》から幸《さいわい》町こえ永楽橋《えいらくばし》、大運橋《だいうんばし》とバス停こえる

その昔ふぐちょうちんと渾名せし営業の男いかにおわすか

スターバックスのマークの人魚みるたびにトランプ大統領の顔よぎるのは何故

金物屋の兼田の愛ちゃんどうしてる二つ年上器量よしなりき

材木橋　夕陽に染まり水面にぎっしり浮かぶ材木赤し

初夏の川面のきらめき、しあわせの数と競うや、むかしむかしの

からまりてめざめてみたいあのかたは肌《はだえ》冷たき山田寺仏頭

小石に似る栗の木の実に緑針《みどりばり》日毎にふえて毬《いが》のふくらむ

お伊勢さんの赤福《あかふく》買って帰ろうか　父の故郷のやさしい甘さ

昼咲きの月見草あまたこの川辺　小さい蟹さん横切る小道

カナリアを埋めし林を春訪《と》えば小鳥の声はふたたび歌う

金魚草赤く突き立つ川辺には遠き昔の恋のさざめく

昼咲きの淡きピンクの月見草　少女《おとめ》の夢のローランサンの絵

サルビアの花をちぎりて叱られし幼子の顔うかびてきたり

鉄橋を走る電車を鳩もみる　尻無の川わたくしの川

ルル

驟雨きて道端の草うち伏せば「夏秋草図屏風」あらわる

父作りしお屋根の赤い二階建て人形の家に階段もあり

凸凹に書き順あると知りましてオカメヒョットコ這い出て踊る

名を呼べばほほえみて首起こさんとす　苦をこえルルは盛夏に死せり

喉ぼとけ仏のかたちに白くあり　ルル清らかな骨になりたり

モーニングのサービス卵持ち来ても喜ぶルルはもうおりません

迷い出て昼の道路にカマキリはカマ持て顔をすりすりしてる

お盆の日わが愛犬を火葬せり　猛暑の空に広がる白骨《しらぼね》

ほほえみてやさしいまなざしわすれかねつ　ゆるしたまえよわがラブラドール

手をつなぎたき人

思うこと多き秋の日腰おろす水辺にふたつ蒲の穂立てり

満潮に夕陽は踊り巨大なる鶏頭の花あかあかと燃ゆ

毬《いが》落ちて萩やすすきの揺れる小径《みち》風ふみしめて角まできたり

このバスはマスクつけたる狐人《きつねびと》遠き荒野へ運びてゆくか

みおつくし・城・桜柄《がら》のマンホール来る春待ちてしっかり閉じる

名月や泣いているように見えたけどピンクの暈にほほえんでいる

蕭白や絵金の毒にあてられてしゃがみこみたり奇才展の床《ゆか》

伏見茶屋の赤き南天の実を見んと狭き階段はーはーのぼる

秋空の雲かろやかに広がりて天女の衣《ころも》幾重にも見ゆ

棍棒を手にガードマン銀行へ　集金業務は物々しいよ

手をつなぎ前を歩める二人いて手をつなぎたき人考える

「蘭奢待《らんじゃたい》」道灌も所有せしという謀殺されし一因なるか

目の前の紺地銀泥の華厳経　二月堂焼経炎《ほのお》を抱く

高きに咲くうす紫の皇帝ダリア幹の足元むくつけきかな

泣き疲れし唇《くち》のごとくに巻きゆける薔薇の花びら大輪かなし

たずねつる人おらずして赤あかと窓に夕陽の濃くとどまれり

眉太く

冬の朝日はガラスのように照らしゆき街の屋根屋根うすく乾かす

鴨七羽波に逆らい泳ぎつつ時に潜りて餌をいただく

鉄橋を走る電車に揺られつつスマホに囲まれ新聞をよむ

ギンギンの夕陽を右に左にと京阪電車七曲《ななまが》りゆく

寒風に向かい鴨らはするするとオモチャのように子を連れすすむ

なだらかな黒猫の輪郭たどりゆけば青き目玉にたまる冬の陽

東北は大雪なれど大阪は日本晴なりかしこみて歩む

冬の光は広げて乾せるシーツさえ聖衣のごとく清らにみせる

解決は一つの作品　強く熱く五十年の道眉太くあり

敦煌の仏の間すりぬけて衣《ころも》なびかせ天女とびゆく

七時には店閉じる街　食む人を照らす「金龍ラーメン」の龍

釣好きの父は「色する」と言うだろう小春日和は魚の跳ねる

當麻寺の浄土曼荼羅　仏前に胡旋舞《こせんぶ》をなす胡姫のおりけり

ゆれる

銭湯ののれん季ごとに変えながら列島彩る牛乳石鹸

通いなれたる梅三小路《うめさんこうじ》取り壊す　あの店この店夢のかけらに

深海のヨコヅナイワシ天上ゆ下りてきたる天女守るや

銀色の下弦の月が二つならぶ笑顔なきがおどちらをつくる

堀に沿い芽吹く柳がゆれている　嫁どのはもと柳原という

しなやかに黒猫のびする庭先にレンギョウの花小《お》滝《たき》をつくる

係恋の人《ひと》手を握りくれ笑顔なりバースデーの朝の鮮やかな夢

ライオンが王冠をかぶる雲の下　生駒の山並紫《むらさき》に長き

ウズベクのソグドの王の遺跡にてワイン・オリーブ油などの大壺見つかる

川風にしだれ桜と柳の枝《え》ゆれる波動のこちらへせまる

蜆川にかかりしという桜橋　花の盛りにめぐりあいたき

フランスゴム

清明のかけらマスクに貼りつけてこの国の民黙々と歩む

退院のお祝いののし結ばずに切れて寿ぐコロナ完治を

堂島と土佐堀川に抱かれしタワマンの先に無垢なる朝日

たくさんの森の生きもの織りこみしレースのカーテンに小鳥さえずる

「黙浴」と貼られておれど銭湯はおばさんたちのおしゃべり止まず

白砂糖ふりかけたように土佐堀の川面光れりビルを従え

川の辺の散歩の道でみつけたる青い松ぼっくり摘まんで帰る

曲がりゆくフランスゴムの幹に似て背中は楽なほうへ傾く

うす絹の朝の後光は山々に広がりゆきてビル群目覚む

月彦とう名にあこがれて夢に入る　織姫のように乙姫のように

ルルちゃんが大笑いなす白い雲　風がでたのか顎はずれたり

優雅なるフランスゴムは腰かがめ朝のあいさつ始めておりぬ

接種会場

七夕にオリーブの枝は笹になるさやさや揺れてあの人想う

父造りし小さな池の水あふれ座敷に金魚泳ぐ夢　また

日章旗男《おとこ》六人持ち進み凜々しく上る開会式典

大口を開けて歯の治療受くる横に立ちたる女に見下されたり

さやさやとオリーブは葉を雫させ青き実ひとつ天へささぐる

金の輪をはめて太陽昇りゆきギンゴンギンゴン朝焼けつくる

七色の朝日をあびてオリーブの枝すんすんと背伸びはじめる

自衛隊接種会場は今朝もまた次から次へと無料バス着く

岸恵子の近著百円で棚にある天神橋の古本屋さん

大乗寺の若き雲水はふところに温めていし履物くれき

闇に浮く夕顔の花しろくして天女落としし耳飾りならん

満天の星の下にてまどろみぬプラネタリウムは大きゆりかご

大阿蘇の草の千里にわれ立てば鴉よりきて阿呆と鳴きにし

大三輪の神社に詣でしわが母は小さき白蛇みつけたりしよ

「千代」

曼珠沙華　みのらぬ恋の象《かたち》して胸にくいこむ切金の花

里芋が好物であるつれあいは小芋のような頭髪《あたま》になれり

子の投げるビスケットめがけ鴨の群れ声あげ寄りくる京の鴨川

韃靼の太鼓の音が聞こえくる秋のみそらは澄みわたりたり

息を解く海女の磯笛ピューと鳴り海と空とに鋭くひびく

かたみみのゴムをはずせば五匹いる猫の匂のかすかに流る

猫のぞく水槽の底　出目金はゆっくり鰓をふくらませおり

ファミレスに和食モーニング注文し旅館の気分すこし味わう

コンニャクを刻みて入れるかやく飯《めし》具のにぎわいに大阪の味

うしろから照らされつづけ背の肉に銀色の棘おいしげりたり

この秋もばらぞの橋を渡りきて赤き薔薇《そうび》の「千代」にあいたり

陽のさせば銀の魚らとびはねて堂島川の波にきららか

やわやわと流るる波は地の神の長き髪かも土佐堀川は

電線を巻かれため息つくような樹々たち煌めく変身の夜

一瞬は宙に止まりて下降する　ヘリコプターはビルの上に消ゆ

寅年

初日の出　金波銀波をうちよせて堂島川は律儀なるかな

白狐くるりと跳べる橋の上　浪華の人の歩みはつづく

前をゆく姿勢正しきわが息子　力《ちから》みなぎりずんずん先へ

わが父は寅年生まれ　よく吠えて足に弟を撃《う》つ日もありき

ピラピラの福かざりには恵比寿さま鯛に小判にさいころ揺れる

篆刻は石に彫られし花ならん捺されて四角き庭に咲きおり

河童いる棟方の画を手に入れる松に亀、鯛、猫も彫られて

屋久島の森の奥へとさまよいて精となりたし　絵はがき届けば

鴨の子の黒きが進む足せわし堂島川に白き線ひく

朝の日は雲間から手を広げきてビルの街をば抱きかかえたり

まどろめば川波《かわなみ》大きな布となりゆるゆるゆると身をおおいくる

高き山に湧く澄める水たまりきて神に捧げる閼伽井となりぬ

堂島大橋

大阪中之島美術館22・2・2開館

入口に金属の猫どんと座す「ヤノベケンジ作」館の守り神

館に沿う電信柱に立つ幟《のぼり》　佐伯の「郵便配達夫《ポストマン》」はためき始める

美術館より家に帰りぬ　関雪の「猿」の残像消えさりゆかず

くしゃみして貂の顔なり冬の夜のこんもりふかき独りの時間

川澄久子さん逝く

赤き服よく似合うよと文くれし澄みたる川の久しきを失う

蕾つく桜の枝を挿したれば春のうす膜部屋に広がる

川沿いを歩みてゆけば母恋し　水仙の花匂いてきたり

ポンポン船の通りすぎれば父恋し　菜の花たちは高く咲きおり

サイネリアのピンクを庭に紫は机の上に置きて春待つ

陽の射せばさざ波のつくる魚のむれ銀にかがやきいっせいに来る

雪景色ひろがる中之島の絵にばらぞの橋のむかし偲ばる

年老いて歯を失くしたるライオンは入歯ができずかわいそうなり

川波は三角の帆がきらめきて鴨の背も光《て》る春のはじまり

国宝の文久三年古地図には堂島大橋描かれていず

貧しさのなか哀しみの眼描きたるモディリアーニの絵の額縁豪華

なまかわ

雨が降る雨が降るので傘を買うすぐに失せるよこの蝙蝠も

人間の生皮《なまかわ》かぶった人で無しロシアにもいる近きにもいる

願わくばわが世の終わりくる前にこの世の終り一瞬に過ぎよ

魂の滅ぶがごとき夕陽落つ　時が過ぎゆきわれが過ぎゆく

三条の河原を高く舞う鳶の急降下して弁当さらう

今風の流行る男の刈り上げは青き草跡おもわせるかな

早朝に弓なりに立つ観覧車赤き色はなち街を見下ろす

フェス・ビルの楽人《がくじん》あおぐ橋の上　出勤の人波に若き吾いる

清方《きよかた》の見返り美人はたおやかに粉おしろいの香を漂わす

見下ろせば夜景の点滅赤く燃え戦火おもわす連なりとなる

柳川は聖地だという友帰りきて白秋賛歌の続く夜更けよ

白秋の「紺屋のおろく」読むたびに夢二の猫抱く女あらわる

若冲の鶏

街路樹の葉先きらめき風泳ぐ　土は力《ちから》を湧きあげる五月

ハルカスからみはるかすとき山々に抱かれし街は大墓地に見ゆ

モンゴルのゲルのようなるテント置く黒き美術館は川波のむこう

初夏は美しき友の昼寝なす小さき足の艶めき思う

水に沈む獅子に騎《の》りたる文殊菩薩は最後の奥絵師狩野友信《かのうとものぶ》作

鰹座橋《かつおざばし》交差点には紫陽花が雨ほしそうに咲いております

男の胸は夢の女をひとりずつ持ちていたると彼は言いにき

青もみじはや色づける葉のありて揚羽蝶たち触れそうにとぶ

オリーブの木に青き実のさがりたり天のなみだか雫しており

梅雨晴れにムーミン親子の巨大雲　アガパンサスが見上げているよ

若冲の鶏よとさかを振り立ててウクライナの厄《やく》打ち払えかし

マッサージ

紗のような流行のスカート着けし女《め》のつぎつぎ下りくる長きエスカレーター

大浪橋《おおなみばし》のたもとにあるは金比羅湯　シュラシュシュと波こえてゆこうよ

桜葉に蟬の抜け殻しがみつき背中パコンと割れているなり

蜩のかなかなかなと鳴きはじむ　どこにあるのか美しい国

名にしおうお初天神通りなる酒饅頭の喜八洲《きやす》なくなりぬ

献血を呼びかける人いますのに臓器移植に金儲けの記事

終バスの黒い大きな影のなか一羽の鳩がくるくる歩く

やるせないおもいを抱くを抱きとめて黙して語らぬおちこちのトイレよ

台風の近づく川辺に秋あかね群れなし低く橋脚彩る

長き髪ふりふり歩く娘らに夏の終りの雲がさよなら

やわらかい皮膚のようなる川面へと秋風吹いてマッサージする

おちこちの高きクレーンの先端に人の吊るされており　夢

川面にはビル群の影ゆるやかにダンスはじめる秋陽をうけて

傾きて細き幹なる山法師植えて埋むる秋の哀愁

明けてゆく朝焼け空よ　夕焼けの油のような赤に負けるな

絵はがきは川音ひびかせ雪山の姿を見せて届きましたよ

夕暮は好きなひとときバスにのり冷えた車内にわたくし一人

うさぎ

堂島の川を緑のカヌーこぎてグリーンの帽子の女性にこやか

バラ園の真赤の「千代」に白鳩と紋白蝶の寄りてくるなり

勝手橋つなぎゆきたし彼の人の窓辺近くへつくりゆかんか

しろうさぎ八十四年を跳びてきぬ　大国主命《おおくにぬし》に恋せんとてや

車椅子の横に控えるラブラドール疲れているのか目元哀しげ

双子用乳母車には女の子ふたり二つのぬいぐるみと寝る

秋の陽にカットグラスはしずもれり　恋の予感に息つめおるや

二回目のコロナ完治し息子はや沖縄へと飛び立ったという

夕焼けにビルのシルエットはめ込んで立ちあがる黄金の堂島大橋

巨大なる兎集まれウクライナを白く覆いて民暖《ぬく》めよかし

川波に冬の陽そそぎ幾千の銀の魚のきらめき泳ぐ

この野辺の草の露なる白珠の零るる音を集め抱かん

佳き場所に佳き仕事をば積み上げて幸せ人よ潑溂と過ぎよ

吾子帰る別れのときは目頭に滲みくるもの今日もまたあり

連なれる白馬の麓新雪の道やわらかに広がりており

敦煌のイケメンの仏《ほとけ》夢にでて待ち待ちており平らなる日々

くちばしを羽につっこみ鴨たちは寒風のなか波に漂う

むらさきのこのアネモネはアマリリスにあえるときめき揺らしねむるや

高らかに「芦屋でございます」という人駅を過ぎるとき思い出したり

うさぎ年きさらぎ生まれは一粒の赤き南天雪に埋める

信長の最期

藻刈船描く森一鳳《いっぽう》の文人画「儲かる一方」と船場でうけぬ

テレビにて宇国の戦況説ける人蕎麦屋の冊子にそば好きと書く

ホテル跡は埋蔵文化財発掘中粛々として大穴広ぐ

寒き中ツルツルとした尼さんが風に圧されて急ぎゆくなり

寒風に圧されて急ぐ尼さんの黒衣の下に足袋が跳ねおり

堺にも「かに道楽」あり雨の中ゆっくりゆっくりカニ足動く

「寂聴の日めくり」めくり読みおれば声音たちきてなつかしくある

メリケン粉こねて丸めて投げ投げしうどん作りし終戦後の母

巨大なるビルの建ちゆくその下に警備の人は赤き棒ふる

春韮のレバニラ炒め「王将」に食するときはシコシコとする

信長の最期包める炎《ひ》のごとく凄まじき色の今日のはんげつ

四天王寺　骨董市を見もやらず救世観音に師の無事祈る

桜木と城の石垣よく似合い花びらよけて亀泳ぎくる

川風に芽ぶく柳の揺れている黒き美術館を背景として

君の文字力《ちから》となるやたちまちにみずみずと吾は匂いたつなり

求めあうように

地下鉄のトイレに座せばホッとして泣けとごとくに淋しさのくる

遊覧船過ぎたる後の春波はゆったりゆったり膨らみ流る

つややかな蔦におおわれ廃屋は呼吸しており五月の風に

バラ園に衣通姫をみつけたり名にしおう白、大輪である

新緑は求めあうように枝交わしトンネル作り恋人ら待つ

初夏は魚《さかな》の親子語るような雲の流れてわたくし魚座

エスカレーターに化粧濃き顔下りきてエントランスで裾ひるがえす

初夏に橋歩む人の白靴の光を踏みて跳ねて近づく

うす衣に乳房包める若き女《め》は誇らしげなりヴィーナスに似て

もふもふのスモークツリーたち川沿いに揺れている　あっ雨だ、雨だ

初夏にいろとりどりのニンフたち体の線を美《は》しく表わす

太鼓橋　苔むす亀や別嬪の鯉も寄りきて池は古色《ふるいろ》

松の間《ま》から月のぼりゆき雲でさえ天女の衣か住吉大社

タフな町

付け睫毛つけたるような松の葉の風にそよぐよ人恋うるごと

ビル街に切れ込みいれたる二つ川、中之島を守り人を癒せる

一族に自営多きゆえネクタイを締めたる人を好むこの頃

うすピンク、漆黒の肌も混ざりいて渦巻き煙る大阪の夏

夏の陽をあびて歩めば湧きてくる力のありて向日葵となる

くるくると髪巻きながら天神の祭の花火胸に咲かせて

夏の昼　小さな落葉の集いきて渦巻つくるよビルの谷間に

夏空に衣ひるがえし白雲はマチスの描く輪舞をみせる

白塗りの子らも踊れる写真出づ「大阪復興盆踊大会」

「デザイナーズ家族葬」の真向いに「小さなお葬式」建つ　タフな町だよ

街々に熱波はりつき白雲はもくり、すすーんと広がり遊ぶ

夜の川、黄金《きん》の大橋かかげ持ちビルの灯うつし震わせている

天女の衣

秘められし恋の象《かたち》の曼珠沙華　川辺に立ちて紅く震える

えのころが風に吹かれてダンスする川面に映る影も揺れるよ

実篤の「花も実もあるこの世哉」の額みつつ食ぶるかっちんうどん

あかあかとのけぞって咲く曼珠沙華　恋に狂いし清姫のごと

タワマンに闇這いあがり見下ろせば鉛のような川は動かず

朝焼けの金色《こんじき》の島々のうえ天女の衣《ころも》大きくたなびく

天の地の海の天女よ集まりて衣《ころも》ひろげてこの星守りたまえ

堂島の桟橋の柵に五羽の鴨ふっくらとして並びおりたり

もふもふのスモークツリーは枯れてゆきチョコレート色の葉っぱ固まる

バス内で転び腕と腰打ちつける　女医さんならば易易と脱ぐ

雲たちは秋のよろこび縁取りて樹々は背伸ばし葉をひるがえす

餅搗きをショウとなしたる菓子舗にてぜんざい食べて臼と杵みる

あとがき

『天女』『草原の天女』に続き第三歌集の『海の天女』は、松村正直先生に構成をお願いし、安田純生先生に帯文をいただいて仕上げることができました。

厚く御礼を申し上げます。

また、上田明先生、小谷博泰先生、福井和子先生方の長年にわたる御指導と励まし、歌友の力添えにも感謝いたしております。

出版にあたっては、角川文化振興財団の『短歌』編集長北田智広様、担当の橋本由貴子様にお世話をおかけいたしました。装幀は倉本修様にお願いし、すばらしい表紙の出来上りを心待ちにしております。皆様ありがとうございました。また、今回も歌集作りを勧め支援してくれた息子夫婦にも感謝を申し述べます。

短歌の勉強を73歳から始めて、10年が過ぎました。こんな混迷の時代に歌集を出すことにためらいもあります。しかし、言葉の海へそっと差し入れた素足を、渚の砂たちが黙したまま受けとめてくれ、小さな漣を作ってくれるだろうかという思いもありました。

天女は、衣をひるがえして、空へ、地へ、水中までも漂うことができる。この現世《うつしよ》にもまだまだ美しいものは存在する。花が好きだ。花の中でも、不可思議な曼珠沙華と妖しく謎めいた夕顔に魅せられる。次作は『曼珠沙華と夕顔』の題にしたい。

折々の美を摘み取って、小さな花束にしてそっと海へとどけゆきたい。

令和六年三月十八日

赤井　千代

著者略歴

赤井千代（あかい ちよ）

1939（昭和14）年　大阪に生まれる

2013（平成25）年　「白珠」入社

2015（平成27）年　第一歌集『天女』刊行

2019（令和元）年　第二歌集『草原の天女』刊行

歌集　海《うみ》の天女《てんにょ》

白珠叢書第256篇

初版発行　2024年6月25日

著　者　赤井千代
発行者　石川一郎
発　行　公益財団法人　角川文化振興財団
〒359-0023　埼玉県所沢市東所沢和田3-31-3
ところざわサクラタウン 角川武蔵野ミュージアム
電話 050-1742-0634
https://www.kadokawa-zaidan.or.jp/
発　売　株式会社　KADOKAWA
〒102-8177　東京都千代田区富士見2-13-3
電話 0570-002-301（ナビダイヤル）
https://www.kadokawa.co.jp/
印刷製本　中央精版印刷株式会社
 ISBN978-4-04-884598-4 C0092